Alegría Plena

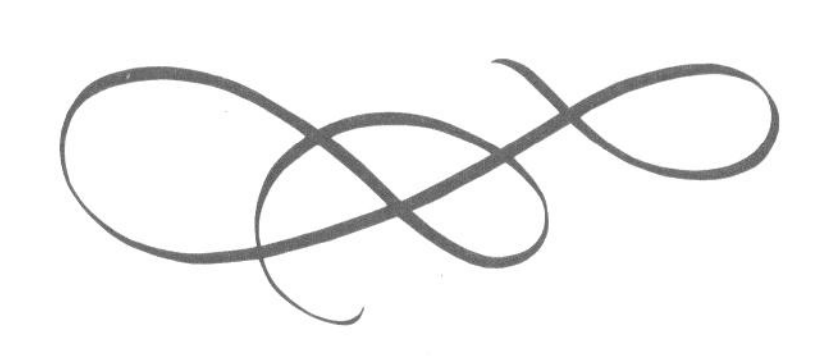

Alegría Plena

Kate DiCamillo

ilustrado por

Bagram Ibatoulline

traducido por Andrea Martínez de Wells

Candlewick Press

La semana anterior a la Navidad apareció un mono en la esquina de la Quinta Avenida y la calle Vine. Vestía un chaleco verde y un sombrero rojo. Lo acompañaba un hombre, un organillero, que tocaba música para las personas que paseaban por la calle.

Durante el día, las lentejuelas que adornaban el chaleco del mono brillaban al sol. Desde la ventana de su cuarto, Francisca podía distinguir un jarrito de metal que el mono ofrecía a los transeúntes.

A veces, si la casa se sumía en silencio absoluto durante un minuto, ella podía oír la música. Surgía de la acera atestada y subía por las ventanas, y aunque el organillero y el mono estaban justo al otro lado de la calle, las canciones sonaban tristes y lejanas, como si formaran parte de un sueño.

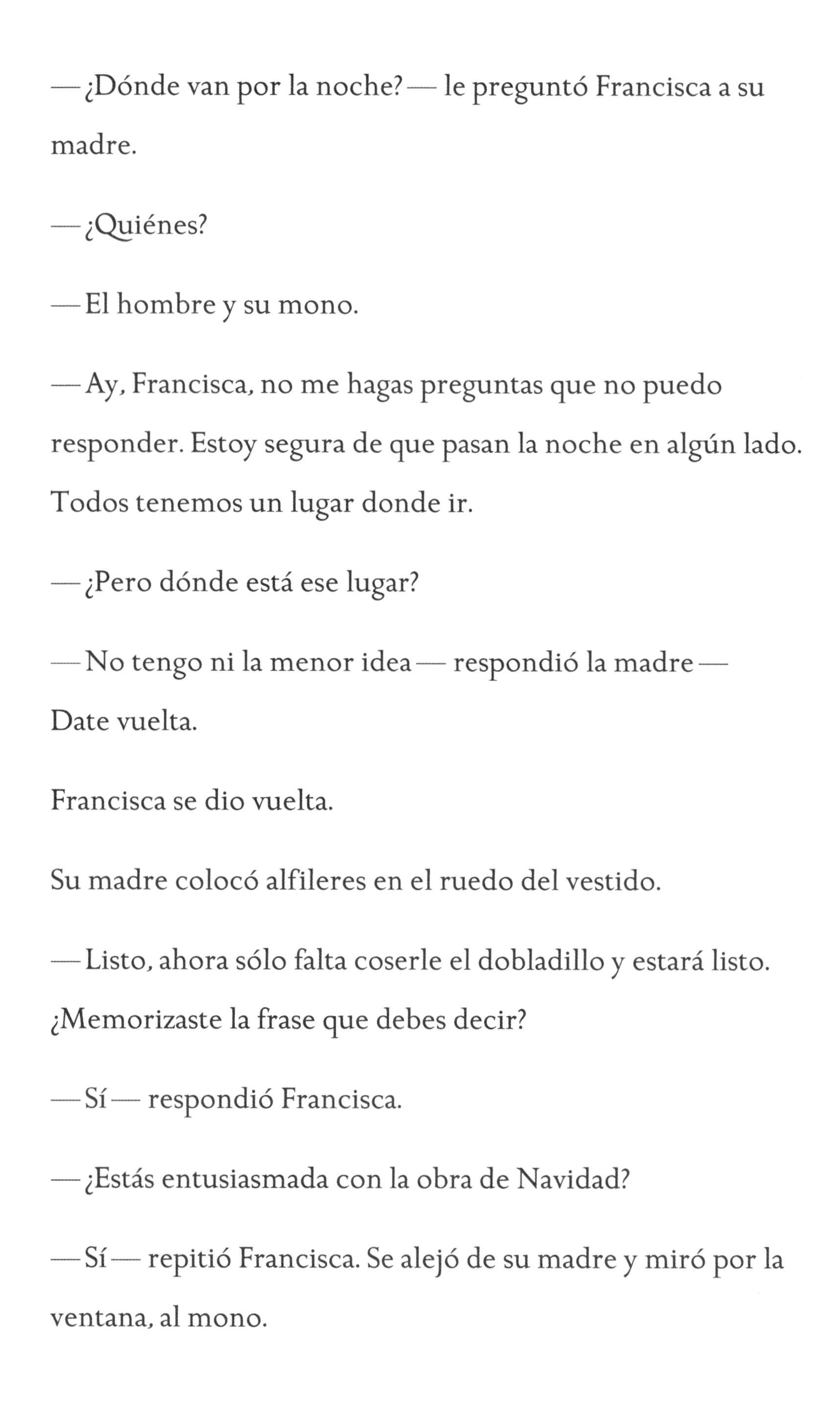

—¿Dónde van por la noche?— le preguntó Francisca a su madre.

—¿Quiénes?

—El hombre y su mono.

—Ay, Francisca, no me hagas preguntas que no puedo responder. Estoy segura de que pasan la noche en algún lado. Todos tenemos un lugar donde ir.

—¿Pero dónde está ese lugar?

—No tengo ni la menor idea— respondió la madre— Date vuelta.

Francisca se dio vuelta.

Su madre colocó alfileres en el ruedo del vestido.

—Listo, ahora sólo falta coserle el dobladillo y estará listo. ¿Memorizaste la frase que debes decir?

—Sí— respondió Francisca.

—¿Estás entusiasmada con la obra de Navidad?

—Sí— repitió Francisca. Se alejó de su madre y miró por la ventana, al mono.

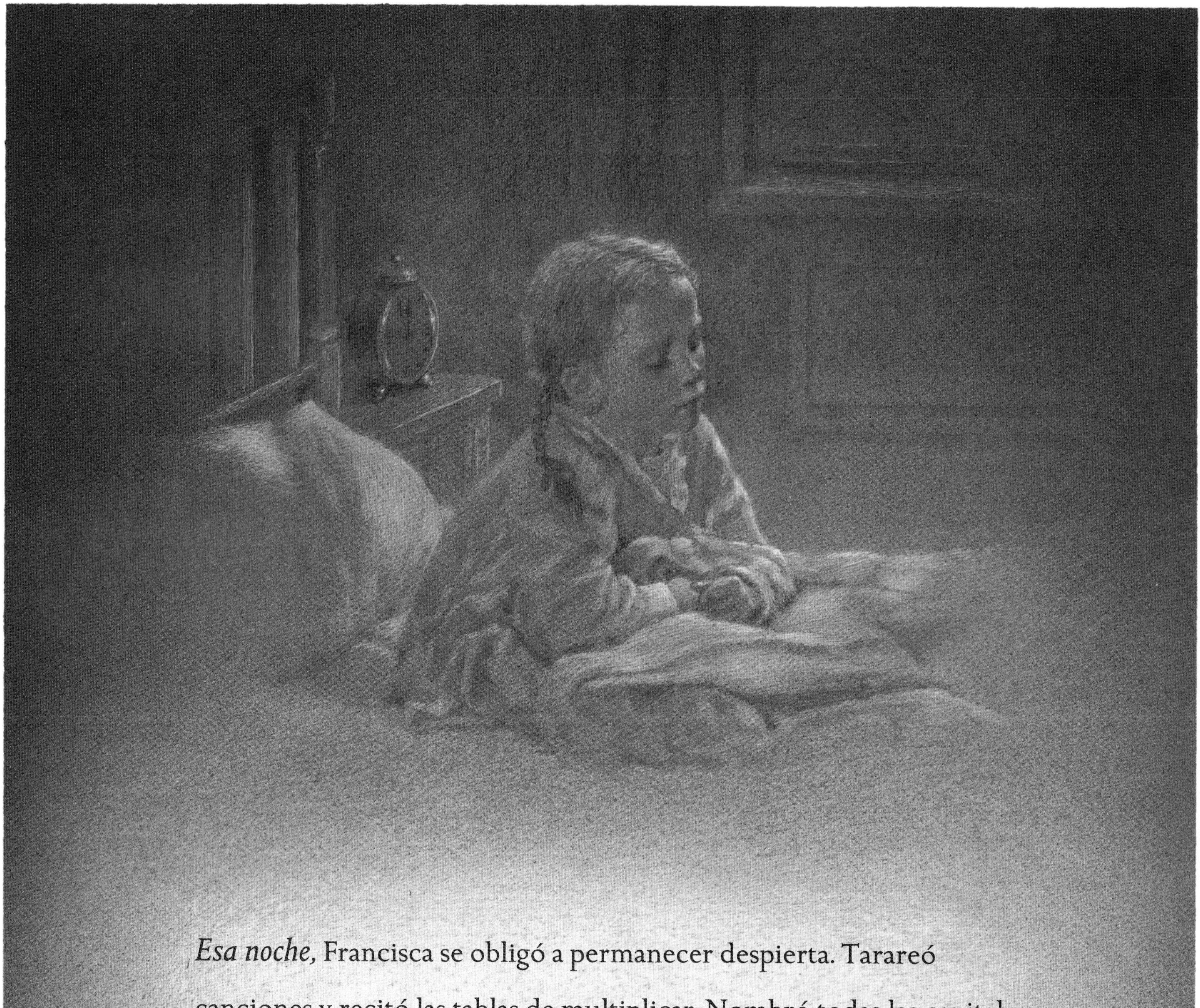

Esa noche, Francisca se obligó a permanecer despierta. Tarareó canciones y recitó las tablas de multiplicar. Nombró todas las capitales de los estados (St. Paul, Tallahassee, Harrisburg), una tras otra. Cada vez que sentía que estaba por quedarse dormida, sacudía la cabeza, se pellizcaba el brazo y abría los ojos de par en par.

Finalmente, a medianoche, Francisca se levantó y se deslizó silenciosamente por el pasillo hasta la sala.

Miró abajo, hacia la calle. El organillero estaba allí . . . pero, ¿dónde estaba el mono? El corazón le latió con fuerza. Y entonces lo vio. Estaba hecho un ovillo bajo el abrigo del hombre. Aún llevaba el sombrero rojo.

—Por favor, mírame— susurró Francisca —Estoy aquí arriba.

Pero fue el organillero, no el mono, quien miró arriba. Se quitó el sombrero y la saludó.

—Duermen en la calle— le contó Francisca a su mamá a la mañana siguiente— incluso cuando nieva.

—¡Ay, Francisca!— protestó la mamá.

—¿Podemos invitarlos a cenar?

—No, no pueden venir a cenar— respondió la mamá de Francisca.

—¿Por qué no?

—Porque no los conocemos, por eso. Come tu desayuno, Francisca. Te espera un día agitado.

Nevó todo el día. Por la tarde, a la hora de la representación navideña, el cielo se despejó. La capa de nieve era tan gruesa que Francisca tuvo que calzarse sus botas para caminar hasta la iglesia.

El organillero y el mono estaban aún en su esquina.

Francisca corrió hasta ellos y dejó caer una moneda de cinco centavos en el jarrito del mono.

—Voy a participar en la obra de Navidad esta noche— les contó entusiasmada —Me dejarán usar alas y tengo que decir una frase. ¿Quieren oírla?

—¡Francisca!— la llamó la madre —Estamos llegando tarde. ¡Vamos!

—Pueden venir si quieren— agregó Francisca mientras se alejaba —La obra es en la iglesia. Queda en esta misma cuadra. Los dos están invitados.

El organillero le sonrió, pero sus ojos eran tristes.

Todos los que estaban en la iglesia tenían ya el disfraz puesto. —¡Apúrate!— le ordenó el director del coro a Francisca mientras le ayudaba a ponerse las alas.

Los pastores salieron a escena e inmediatamente después el director señaló a Francisca y susurró: —¡Ahora!

Francisca se quedó inmóvil. Abrió la boca, pero no logró decir ni una palabra.

—Dilo— murmuró uno de los pastores.

—¡Dilo!— chistó un ángel que no tenía diálogo propio.

El camello, que en verdad eran dos personas, se meció nerviosamente hacia adelante y hacia atrás.

Pero Francisca no podía hablar. Solo podía pensar en el frío que hacía afuera y en la tristeza que había visto en los ojos del organillero, aun cuando sonreía.

El mundo se quedó quieto. Todos esperaban. De pronto, en el fondo del santuario se abrió una puerta.

Francisca sonrió.

—¡Atención!—

gritó.

—¡Traigo noticias de alegría plena!

Como las palabras sonaron tan bien,

Francisca las repitió.

—*¡Alegría plena!*

Con inmensa gratitud hacia las puertas que se abrieron y
las personas que me dieron la bienvenida
K. D.

Para Yana Yelina con amor
B. I.

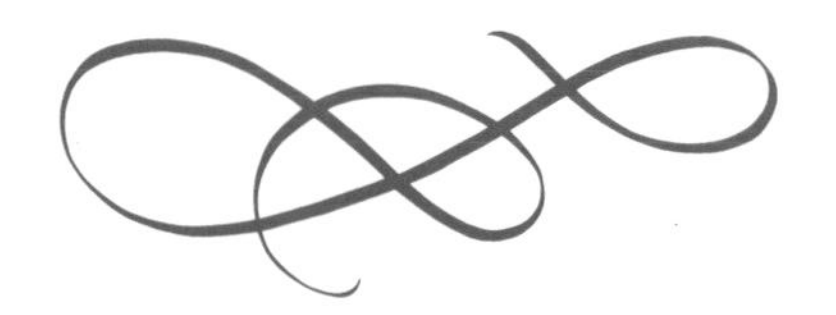

Ésta es una obra de ficción. Los nombres, los personajes, los lugares y las situaciones son producto de la imaginación de la autora o, en caso de que sean reales, se los usó en forma ficticia.

Primera edición en español 2012

Datos de catalogación en publicación de la Biblioteca del Congreso de los Estados Unidos disponibles.

Número de tarjeta del catálogo de la Biblioteca del Congreso de los Estados Unidos disponible

ISBN 978-0-7636-2920-5 (primera edición, en inglés)
ISBN 978-0-7636-4996-8 (edición de lujo pequeña)
ISBN 978-0-7636-5886-1 (edición en español)

12 13 14 15 16 17 SCP 10 9 8 7 6 5 4 3 2 1
Impreso en Humen, Dongguan, China

Libro compuesto en ITC Golden Cockerel.
Las ilustraciones se realizaron con pintura acrílica gouache.

Candlewick Press
99 Dover Street
Somerville, Massachusetts 02144

visite nuestra página: www.candlewick.com